차일드 해럴드의 순례

세계시인선

57

차일드 해럴드의 순례

조지 고든 바이런

황동규 옮김

CHILDE HAROLD'S PILGRIMAGE
George Gordon Byron

차례

1부

우리 둘이 헤어지던 날

She Walks In Beauty

She walks in beauty, like the night
Of cloudless climes and starry skies;
And all that's best of dark and bright
Meet in her aspect and her eyes:
Thus mellow'd to that tender light
Which heaven to gaudy day denies.

One shade the more, one ray the less
Had half impair'd the nameless grace
Which waves in every raven tress,
Or softly lightens o'er her face;
Where thoughts serenely sweet express
How pure, how dear their dwelling-place.

And on that cheek, and o'er that brow,
So soft, so calm, yet eloquent,
The smiles that win, the tints that glow,
But tell of days in goodness spent,
A mind at peace with all below,
A heart whose love is innocent!

그녀는 아름답게 걷는다

그녀는 아름답게 걷는다, 구름 한 점 없이
별 총총한 밤하늘처럼.
어둠과 빛의 그중 나은 것들이
그녀 얼굴 그녀 눈에서 만나
부드러운 빛으로 무르익는다,
난(亂)한 낮에는 보이지 않는.

어둠 한 겹 많거나 빛 한 줄기 모자랐다면
새까만 머리타래마다 물결 치는
혹은 얼굴 부드럽게 밝혀 주는
저 숨막히는 우아함 반이나 지워졌겠지.
밝고 즐거운 생각들이 그 얼굴에서
그곳이 얼마나 순결하고 사랑스러운지 알려 준다.

그처럼 상냥하고 조용하고 풍부한
뺨과 이마 위에서
사람의 마음 잡는 미소, 환한 얼굴빛은
말해 주네, 선량히 보낸 날들을,
지상의 모든 것과 통하는 마음을,
그리고 순수한 사랑의 피를.

When We Two Parted

When we two parted
 In silence and tears,
Half broken-hearted
 To sever for years,
Pale grew thy cheek and cold,
 Colder thy kiss;
Truly that hour foretold
 Sorrow to this.

The dew of the morning
 Sunk chill on my brow —
It felt like the warning
 Of what I feel now.
Thy vows are all broken,
 And light is thy fame:
I hear thy name spoken,
 And share in its shame.

They name thee before me,
 A knell to mine ear;
A shudder comes o'er me —
 Why wert thou so dear?

우리 둘이 헤어지던 날

우리 헤어지던 날,
  여러 해 동안
헤어져 살아야 한다는 생각에
  마음은 상처 입고 말없이 눈물에 젖었다.
너의 뺨 파랗게 얼었고
  네 입맞춤은 더욱 차가웠다.
생각해 보면 이미, 그때
  오늘의 이 슬픔 이야기되어 있었던 것을.

그날 아침 이슬은
  내 이마에 차갑게 내렸다.
생각하면 그것도 내 지금
  느끼는 감정을 미리 알린 것
네 맹세는 남김없이 깨졌다.
  네 명성은 가벼워졌다.
사람들이 네 이름 이야기하는 것을 들으면
  나도 같이 수치를 느낀다.

사람들이 내 앞에서 네 이름을 부를 때
  내 귀에는 조종(弔鐘) 소리로 들린다.
온몸이 몸서리친다.
  왜 너는 그처럼 사랑스러웠던가.

They know not I knew thee,
  Who knew thee too well: ——
Long, long shall I rue thee,
  Too deeply to tell.

In secret we met ——
  In silence I grieve,
That thy heart could forget,
  Thy spirit deceive.
If I should meet thee ——
  After long years,
How should I greet thee? ——
  With silence and tears.

그들은 모른다, 내 너를 알았음을,
　　너무도 잘 알았음을.
오래오래 나는 너를 슬퍼하리라
　　말로 하기엔 너무나도 깊이.

남 몰래 우리는 만났다.
　　말없이 나는 슬퍼한다,
네 마음 잊는 마음이었음을,
　　네 영혼 저버리는 영혼이었음을.
만일 오랜 세월 후
　　내 너를 만나면
어떻게 인사해야 할 것인가?
　　침묵과 눈물로.

They Say That Hope Is Happiness

1

They say that Hope is happiness;
But genuine Love must prize the past,
And Memory wakes the thoughts that bless:
They rose the first — they set the last;

2

And all that Memory loves the most
Was once our only Hope to be,
And all that Hope adored and lost
Hath melted into Memory.

3

Alas! it is delusion all;
The future cheats us from afar,
Nor can we be what we recall,
Nor dare we think on what we are.

앞날의 희망이 곧 행복이라고

1

앞날의 희망이 곧 행복이라고 말들 하지만
진정한 사랑은 과거를 아껴야지.
추억은 찬양하는 생각들을 일깨운다.
그 생각들은 처음 떠올라 — 맨 나중에 진다.

2

추억이 가장 아끼는 모든 것은
우리가 우리만의 미래로 희망했던 것.
희망이 경모(敬慕)하고 잃은 모든 것은
추억 속에 녹아들었다.

3

아아! 모든 것은 꿈이었다.
미래는 멀리서부터 우리를 속였다.
과거에 원한 것으로 우리는 될 수 없다.
현재의 우리를 감히 생각할 수조차 없다.

Fragment

— Written Shortly after the Marriage of Miss Chaworth

Hills of Annesley, bleak and barren,
Where my thoughtless childhood stray'd,
How the northern tempests, warring,
Howl above thy tufted shade!

Now no more, the hours beguiling,
Former favourite haunts I see;
Now no more my Mary smiling
Makes ye seem a heaven to me.

단장(斷章)

— 메리 채워스의 결혼 직후에

황량한 애니슬리 언덕이여,
내 어린 날 생각 없이 헤매던 곳이여,
북극의 거센 폭풍이 들이쳐
너의 차양처럼 둘러선 나무들 위에서 울부짖는다.

때 가는 줄 몰랐던 그 시절
내 자주 가던 곳들 이제 사라졌구나.
미소짓는 메리가 너를 하늘나라로 만들던 때도
마침내 옛일이 되고 말았구나.

Sonnet on Chillon

Eternal Spirit of the chainless Mind!
Brightest in dungeons, Liberty! thou art,
For there thy habitation is the heart ——
The heart which love of thee alone can bind;

And when thy sons to fetters are consign'd ——
To fetters, and the damp vault's dayless gloom,
Their country conquers with their martyrdom,
And Freedom's fams finds wings on every wind.

Chillon! thy prison is a holy place,
And thy sad floor an altar —— for 'twas trod,
Until his very steps have left a trace

Worn, as if thy cold pavement were a sod,
By Bonnivard! May none those marks efface!
For they appeal from tyranny to God.

시용성(城)

사슬 벗은 마음의 끝없는 정신,
자유여, 그대는 지하 감방에서 가장 빛난다.
그곳에서 그대의 집은 심장이다.
그대에 대한 사랑만이 속박할 수 있는 심장,

자유여, 그대의 아들들이 족쇄에 채워질 때,
족쇄에, 그리고 습한 지하 감방의 햇빛 없는 어둠 속에
    던져질 때,
그들의 조국은 그들의 순교로 승리를 얻고
자유의 명성은 도처에서 날개를 발견한다.

시용, 너의 감옥은 성소(聖所),
너의 슬픈 돌바닥은 제단이다.
보니바르[1]의 발걸음이 마치

네 찬 돌바닥이 흙인 것처럼 자국을 남겼으므로.
아무도 이 발자국들을 지우지 말기를!
그들은 폭정을 드러내 놓고 있으므로, 신 앞에.

Remembrance

'Tis done! —— I saw it in my dreams;
No more with Hope the future beams;
   My days of happiness are few:
Chill'd by misfortune's wintry blast,
My dawn of life is overcast;
    Love, Hope, and Joy, alike adieu!
    Would I could add Remembrance too?

추억

모든 것은 끝났다, 꿈에 나타난 대로
미래는 희망에 빛나기를 그치고
　　행복의 나날은 다하였다.
불행의 찬바람에 얼어
내 인생의 새벽은 구름에 가려졌다.
　　사랑이여, 희망이여, 기쁨이여, 모두 잘 있거라.
　　추억이여, 너에게도 잘 있거라 인사할 수 있다면.

Lines Written in an Album, at Malta

As o'er the cold sepulchral stone
Some name arrests the passer-by;
Thus, when thou view'st this page alone,
May mine attract thy pensive eye!

And when by thee that name is read,
Perchance in some succeeding year,
Reflect on me as on the dead,
And think my heart is buried here.

몰타섬에서 방명록에

차가운 묘비에 새겨진 이름이
우연히 지나가는 사람의 마음을 사로잡듯
그대 혼자 이 페이지를 넘길 때
생각에 잠긴 그대 눈에 내 이름 띄기를.

내 이름 그대가 읽을 날,
그것은 어느 먼 날일 것인지.
죽은 사람에의 추억처럼 나를 생각해 다오,
내 마음 여기 묻혀 있다고 생각해 다오.

Oh! Snatch'd Away in Beauty's Bloom

Oh! snatch'd away in beauty's bloom,
On thee shall press no ponderous tomb;
    But on thy turf shall roses rear
    Their leaves, the earliest of the year;
And the wild cypress wave in tender gloom:

And oft by yon blue gushing stream
    Shall Sorrow lean her drooping head,
And feed deep thought with many a dream,
    And lingering pause and lightly tread;
    Fond wretch! as if her step disturb'd the dead!

Away! we know that tears are vain,
    That death nor heeds nor hears distress:
Will this unteach us to complain?
    Or make one mourner weep the less?
And thou — who tell'st me to forget,
Thy looks are wan, thins eyes are wet.

오오, 아름다움 한창 꽃필 때

오오, 아름다움 한창 꽃필 때 앗기다니!
무거운 묘비 네 몸을 누르게 하지 않으리
　　네 잔디 위에 장미를 기르리
　　새로 피는 장미 잎과 야생 편백나무가
부드러운 어스름 속에서 흔들리게 하리.

가끔 저 맑게 흘러가는 시냇물 곁에서
　　슬픔이 맥없는 머리를 기울이고
많은 꿈으로 깊은 생각 채우고
　　잠시 머뭇대다 가벼이 걸어가리라
　　우스운 녀석, 자기 발걸음이 죽은 너를 혼란시키리라는
　　듯이.

그만두어라, 우리는 알고 있다, 눈물이 헛됨을,
　　죽음이 비탄에 마음 쓰거나 귀 기울이지 않는 것을
그 사실이 우리를 슬퍼하지 않게 할 수 있을까?
　　애도하는 사람을 덜 울게 할 수 있을까?
그대, 나더러 잊으라 하는 그대
그대의 얼굴 창백하고 그대 눈은 젖어 있다.

To Ellen

— Imitated from Catullus

Oh! might I kiss those eyes of fire,
A million scarce would quench desire:
Still would I steep my lips in bliss,
And dwell an age on every kiss:
Nor then my soul should sated be;
Still would I kiss and cling to thee:
Nought should my kiss from thine dissever;
Still would we kiss and kiss forever;
E'en though the Mumbers did exceed
The yellow harvest's countless seed.
To part would be a vain endeavour:
Could I desist? — ah! never — never.

엘렌에게
── 카툴루스 시를 모방해서

오오, 저 불타는 눈에 입맞춤을
천 번 만 번 하더라도 싫증나지 않으리.
내 입술 끝없는 기쁨에 잠기고 싶어,
비록 한 번의 입맞춤이 수십 년 가더라도
내 영혼 만족 모르리.
입 맞추리, 그대 힘껏 껴안으리,
그 무엇도 내 입술 그대 입에서 떼지 못하리.
설혹 입맞춤을 헤아려 황금빛 보리 이삭의
수없는 낟알보다 많다 하더라도
내 다시금 입 맞추리 영원토록.
우리를 떼어 놓으려는 일은 헛된 일
이 입맞춤을 그만두라고? 아아 절대로 절대로.

I Saw Thee Weep

I saw thee weep — the big bright tear
 Came o'er that eye of blue;
And then methought it did appear
 A violet dropping dew;
I saw thee smile — the sapphire's blaze
 Beside thee ceased to shine;
It could not match the living rays
 That fill'd that glance of thine.

As clouds from yonder sun receive
 A deep and mellow dye,
Which scarce the shade of coming eve
 Can banish from the sky,
Those smiles unto the moodiest mind
 Their own pure joy impart;
Their sunshine leaves a glow behind
 That lightens o'er the heart.

그대 우는 것을 보았다

그대 우는 것을 보았다, 크고 빛나는 눈물
　　그대의 푸른 눈에 솟는 것을.
그러곤 생각했다.
　　제비꽃이 떨어뜨리는 이슬을.
그대 미소 짓는 것을 보았다. 사파이어 불길도
　　그대 곁에선 그 빛 흐려져
그대 눈길에 넘쳐흐르는
　　싱싱한 빛에 따르지 못했다.

구름이 저편 태양으로부터
　　깊고 부드러운 빛을 받듯,
다가오는 저녁 그림자가
　　그 빛 하늘에서 흐리지 못하듯,
그대 웃음은 우울한 내 마음을
　　그대 것인 깨끗한 기쁨으로 물들이고
웃음의 햇빛은 내 가슴을 비추어 주는
　　광명을 남긴다.

From Anacreon

I wish to tune my quivering lyre
To deeds of fame and notes of fire;
To echo, from its rising swell,
How heroes fought and nations fell,
When Atreus' sons advanced to war,
Or Tyrian Cadmus roved afar;
But still, to martial strains unknown,
My lyre recurs to love alone.
Fired with the hope of future fame,
I seek some nobler hero's name;
The dying chords are strung anew,
To war, to war, my harp is due:
With glowing strings, the epic strain
To Jove's great son I raise again;
Alcides and his glorious deeds,
Beneath whose arm the Hydra bleeds.
All, all in vain; my wayward lyre
Wakes silver notes of soft desire.
Adieu, ye chiefs renown'd in arms!
Adieu the clang of war's alarms!
To other deeds my soul is strung,
And sweeter notes shall now be sung;

아나크레온의 사랑 노래

나의 떨리는 리라를
이름 높은 사람의 공훈과 불길 솟는 노래에 맞추리라.
용솟음치는 높은 가락으로
그 옛날 아트레우스2)의 아들들이 전쟁터에 나갔을 때
또한 티레의 카드모스3)가 멀리 방랑했을 때
어떻게 그들이 싸우고 나라들이 망했는가를 노래하리라.
그러나 전쟁의 노래를 모르는 나의 리라는
어느덧 사랑의 노래만을 타고 있다.
장차 명성을 떨칠 희망에 불타
나는 숭고한 영웅의 이름을 얻고자 했다.
사라지는 줄을 다시 울리니
나의 리라는 전쟁에, 전쟁에 맞추어진다.
불타는 줄로 다시 한번 영웅곡을 타리라.
주피터의 위대한 아들을 위하여,
머리 아홉 달린 뱀 히드라를 팔로 눌러 죽인
알키데스(헤라클레스)의 빛나는 공훈을 위하여.
그러나 모두가 허사로다, 나의 방종한 리라는
부드러운 욕망의 백은곡(白銀曲)을 울리고 있다.
잘 있거라, 세상에 이름 떨친 영웅들이여,
잘 있거라, 무서운 전쟁의 어지러운 소리여,
그것과는 다른 일들에 내 마음 울렁거린다.
더 아름다운 곡을 타리라.

My harp shall all its powers reveal,

To tell the tale my heart must feel;

Love, love alone, my lyre shall claim,

In songs of bliss and sighs of flame.

나의 리라 온갖 역량 다하여
내 마음에 느끼는 곡을 타리라.
사랑이다, 사랑만이다, 나의 리라가 바라는 것은,
행복의 노래 속에서, 불 뿜는 탄식 속에서.

To Florence

Oh Lady! when I left the shore,
    The distant shore which gave me birth
I hardly thought to grieve once more
    To quit another spot on earth:

Yet here, amidst this barren isle,
    Where panting Nature droops the head,
Where only thou art seen to smile,
    I view my parting hour with dread.

Though far from Albion's craggy shore,
    Divided by the dark-blue main;
A few, brief, rolling seasons o'er
    erchance I view her cliffs again:

But wheresoe'er I now may roam,
    Through scorching clime, and varied sea,
Though time restore me to my home,
    I ne'er shall bend mine eyes on thee:

On thee, in whom at once conspire
    All charms which heedless hearts can move,

플로렌스에게

오오 부인, 저 멀리 아득한 강가
　　나를 낳은 고향의 강가를 떠날 때
이 지상에서 다시 한번 이별의 슬픔을
　　되풀이할 땅 있을 줄은 몰랐습니다.

지금 이 메마른 작은 섬에
　　허덕이며 고개 숙인 자연 속에서
미소 짓는 사람은 오직 부인뿐
　　저는 두려움에 떨며 이별의 때를 기다립니다.

영국의 바위 많은 바닷가로부터
　　검푸른 바다가 저를 떼어 놓고 있건만
몇 세월인가 때가 지나면 그 바위 많은 바닷가
　　다시 만날 날 있겠지요.

그러나 지금부터 제가 어디로 헤매건
　　태양 불타는 땅을 빠져 온갖 바닷길 건너더라도
혹은 다시 고향 땅을 밟는 날 있을지라도
　　저의 눈길 부인께 드릴 날은 없겠지요.

온갖 매력 남김없이 떨치는 부인은
　　둔한 사나이의 마음도 온통 흔들 것입니다.

Whom but to see is to admire,

    And, oh! forgive the word — to love.

Forgive the word, in one who ne'er

    With such a word can more offend;

And since thy heart I cannot share,

    Believe me, what I am, thy friend.

And who so cold as look on thee,

    Thou lovely wand'rer, and be less?

Nor be, what man should ever be,

    The friend of Beauty in distress?

Ah! who would think that form had past

    Through Danger's most destructive path,

Had braved the death-wing'd tempest's blast,

    And 'scaped scaped a tyrant's fiercer wrath?

Lady! when I shall view the walls

    Where free Byzantium once arose,

And Stamboul's Oriental halls

    The Turkish tyrants now enclose;

부인을 한 번 본다는 것은 부인을 존경한다는 것
　　아니, 지나친 말일까 걱정되지만, 부인을 사랑한다는 것.

위 말처럼 부인을 화나게 할 것 없음을 잘 알지만,
　　그 말 제 입에서 나온 것 용서하십시오.
부인의 마음 제 것으로 하지 못한 지금
　　부인의 벗으로 삼아 주십시오.

아름다운 방랑객인 부인, 마음 차가운 사나이가 있다면
　　부인을 보고도 완고히 그 차가움 지킬 수 있을까요?
어떤 사내건 고민하는 아름다운 여인을 보고
　　벗이 안 될 수 있을까요.

아아 누가 생각하리, 그 아름다움
　　위험의 가장 파괴적인 길을 통해
죽음의 날개 퍼덕이는 폭풍과 싸우고
　　폭군의 세찬 노여움을 피해 왔다고.

부인, 자유로운 비잔티움 제국이
　　한때 일어났던 성벽들과,
터키 폭군들이 지금 둘러막은
　　이스탄불의 동양식 궁전들을 볼 때,

Though mightiest in the lists of fame,
    That glorious city still shall be;
On me 'twill hold a dearer claim,
    As spot of thy nativity:

And though I bid thee now farewell,
    When I behold that wondrous scene,
Since where thou art I may not dwell,
    'Twill soothe to be where thou hast been.

설혹 그 도시가 명성이 드높고
　　그때까지 빛나는 도시일지라도
그보다 더 그 거리가 그리워질 것은
　　부인이 태어난 곳이기 때문일 겁니다.

비록 지금 저는 부인께 하직 인사를 하더라도
　　그 놀라운 도시의 풍경을 보면
부인과 제가 그곳에서 살지는 못할지라도
　　부인이 한때 살았던 곳에 있음을 생각하고 마음
　　달래겠습니다.

My Soul Is Dark

My soul is dark — Oh! quickly string
    The harp I yet can brook to hear;
And let thy gentle fingers fling
    Its melting murmurs o'er mine ear.
If in this heart a hope be dear,
    That sound shall charm it forth again:
If in these eyes there lurk a tear,
    'Twill flow, and cease to burn my brain.

But bid the strain be wild and deep,
    Nor let thy notes of joy be first:
I tell thee, minstrel, I must weep,
    Or else this heavy heart will burst;
For it hath been by sorrow nursed,
    And ach'd in sleepless silence long;
And now 'tis doom'd to know the worst,
    And break at once — or yield to song.

내 마음은 어둡다

내 마음은 어둡다 ─ 오오, 빨리 울려 다오.
　　하프를 들으려는 이 기력 약해지기 전에
너의 상냥한 손가락으로 나의 귀에
　　던져 다오 부드러운 속삭임을.
이 가슴에 희망이 남아 있다면
　　너의 가락으로 다시 한번 불러 다오.
이 눈 어디엔가에 눈물이 아직 숨어 있다면
　　흘러나와 진정시켜 주리, 이 불타는 머리를.

거칠고 침통한 가락을 들려 다오.
　　기쁨의 선율을 먼저 들려주지 말아 다오.
하프 켜는 이여, 나는 울어야 한다.
　　울지 않으면 무거운 이 가슴 터지리라.
이 마음은 실로 슬픔으로 자라
　　오랜 불면의 침묵 속에 혼자 고통당했구나.
그리고 마침내 최악의 운명을 만나게 되었구나.
　　금방이라도 터질 듯하다 ─ 노래에 몸을 맡기지 않으면.

So We'll Go No More a Roving

So, we'll go no more a roving
   So late into the night,
Though the heart be still as loving
   And the moon be still as bright.

For the sword outwears its sheath,
   And the soul wears out the breast,
And the heart must pause to breathe,
   And love itself have rest.

Though the night was made for loving,
   And the day returns too soon,
Yet we'll go no more a roving
   By the light of the moon.

다시는 방황하지 않으리

이렇게 밤 이슥도록
　　우리 다시는 방황하지 않으리,
마음 아직 사랑에 불타고
　　달빛 아직 밝게 빛나고 있지만.

칼날은 칼집을 닳게 하고,
　　영혼은 가슴을 해어지게 하는 것이니
마음도 숨 돌리기 위해 멈춤이 있어야 하고,
　　사랑 자체에도 휴식이 있어야 하리.

밤은 사랑을 위하여 이루어진 것,
　　그 밤 너무 빨리 샌다 해도
우리 다시는 방황하지 않으리
　　달빛을 받으며.

To Thomas Moore

My boat is on the shore,
    And my bark is on the sea;
But, before I go, Tom Moore,
    Here's a double health to thee!

Here's sigh to those who love me,
    And a smile to those who hate;
And, whatever sky's above me,
    Here's a heart for every fate.

Though the ocean roar around me,
    Yet it still shall bear me on;
Though a desert should surround me,
    It hath springs that may be won.

Wer't the last drop in the well,
    As I gasp'd upon the brink,
Ere my fainting spirit fell,
    'Tis to thee that I would drink.

With that water, as this wine,
    The libation I would pour

토머스 무어에게

내 돛배는 앞바다에 떠 있고,
　　보트는 기슭에 닿아 있다.
그러나 떠나기 전에 톰 무어여,
　　그대의 건강을 위해 거듭 잔을 들리!

나를 사랑하는 사람들께 내 탄식 보내고,
　　나를 미워하는 사람들께 미소를 보내자.
하늘 아래 어디에 간들,
　　견딜 수 있는 마음이 여기에 있다.

내 주위에서 바다가 소리쳐도,
　　내 마음은 나를 옮겨 주고.
황막한 사막이 나를 둘러쌀지라도,
　　그곳에 솟는 샘물을 얻게 하리라.

빈사의 지경 샘가에서 헐떡이며,
　　샘 바닥의 마지막 한 방울 물을 뜨게 되더라도,
기진한 정신이 채 꺼지기 전,
　　그대를 위해 그것을 마시리라.

지금 그 물잔 들고 하듯이,
　　그 한 모금 물을 헌주로 부으니

Should be — peace with thine and mine,

And a health to thee, Tom Moore.

그대에게 또 나에게 평안이여 있으라.
톰 무어, 그대 건강하라.

The Isles of Greece

1

The isles of Greece, the isles of Greece!
    Where burning Sappho loved and sung,
Where grew the arts of war and peace,
    Where Delos rose, and Phoebus sprung!
Eternal summer gilds them yet,
But all, except their sun, is set.

2

The Scian and the Teian muse,
    The hero's harp, the lover's lute,
Have found the fame your shores refuse:
    Their place of birth alone is mute
To sounds which echo further west
Than your sires' "Islands of the Blest."

그리스의 섬들

(「돈 주언」 제3부에서)

1

그리스의 섬들이여, 그리스의 섬들이여!
　사포가 열렬히 사랑하고 노래 부르던 곳,
전쟁과 평화의 기술이 자라고
　델로스가 떠오르고, 아폴로가 탄생한 곳!
영원한 여름은 지금도 모든 것을 황금빛으로 물들이건만,
그들의 태양 이외에는, 모두가, 져 버렸다.

2

스키온과 티오스의 시인 호메로스와 아나크레온,
　영웅의 하프와 애인을 위한 류트는
그대의 해변에 명성을 떨쳤건만 지금은 헛되이
　탄생한 땅에서는 잠잠하고
그대 선조들의 **선택된** 섬에서보다는
멀리 서녘에서 울리고 있다.

3

The mountains look on Marathon —
    And Marathon looks on the sea;
And musing there an hour alone,
    I dream'd that Greece might still be free
For standing on the persians' grave,
I could not deem myself a slave.

4

A king sate on the rocky brow
    Which looks o'er sea-born Salamis;
And ships, by thousands, lay below,
    And men in nations; — all were his!
He counted them at break of day
And when the sun set where were they?

3

산들은 마라톤 평야를 보고
　　마라톤 평야는 바다를 본다.
나 홀로 한참 명상에 잠겨,
　　꿈꾸었다, 아직 자유로운 그리스를
페르시아인들의 무덤에 섰을 때,
내 스스로를 노예라 생각할 수 없었기 때문에.

4

바다에서 태어난 살라미스 물굽이를 굽어보는
　　바위 많은 언덕 위에 페르시아 왕은 앉았다.
수천 척 배는, 눈 아래 놓이고,
　　여러 나라 백성들은 모두 그의 것이었다.
새벽에 왕은 그들을 헤아렸으나
해 질 땐 아무것도 볼 수 없었다.

5

And where are they? and where art thou,
    My country? On thy voiceless shore
The heroic lay is tuneless now —
    The heroic bosom beats no more!
And must thy lyre, so long divine,
Degenerate into hands like mine?

6

'Tis something, in the dearth of fame,
    Though link'd among a fetter'd race,
To feel at least a patriot's shame,
    Even as I sing, suffuse my face;
For what is left the poet here?
For Greeks a blush — for Greece a tear.

5

페르시아인들은 어디로 갔나?
　　내 조국이여, 그대는 어디에?
소리 없는 해변에 영웅시 읊는 소리 그치고
　　늠름한 가슴도 다시 뛰지 않는다.
그리하여 그처럼 오래 성스럽던 그대의 하프가,
나의 이런 손에까지 떨어진 것인가.

6

비록 사슬에 묶인 주민 틈에 끼여,
　　내 노래 부를 때,
적어도 애국자의 수치가 얼굴에 가득 참은 이상한 일이다.
　　시인은 왜 이곳에 남아 있는가?
그리스인들에게 수치를
그리스인들에게 눈물을 주기 위함인가.

7

Must we but weep o'er days more blest?
 Must we but blush? —— Our fathers bled.
Earth! render back from out thy breast
 A remnant of our Spartan dead!
Of the three hundred grant but three,
To make a new Thermopylae!

8

What, silent still! and silent all?
 Ah! no; —— the voices of the dead
Sound like a distant torrent's fall,
 And answer, —— "Let one living head,
But one arise, —— We come, we come!"
'Tis but the living who are dumb.

7

우리들은 더욱 행복했던 날을 생각하고
　　울어야만 하는가? 우리의 조상들은 피를 흘렸다.
땅이여 그대의 가슴에서
　　우리 스파르타 사자(死者)의 일부를 돌려보내라.
다시 한번 새로운 테르모필레[3]의 승리를 얻기 위하여,
300명 속에서 세 명만이라도 돌려보내라.

8

왜 이처럼 고요한가? 왜 모두가 고요한가?
　　아니다, 죽은 이들의 소리가
먼 폭포 소리처럼 들려온다.
　　"단 하나의 산 사람이라도, 오로지
한 명이라도 세워라, 우리 함께 따르리!"
묵묵한 것은 살아 있는 사람들뿐.

9

In vain — in vain: strike other chords;
    Fill high the cup with Samian wine!
Leave battles to the Turkish hordes,
    And shed the blood of Scio's vine!
Hark! rising to the ignoble call —
How answers each bold Bacchanal!

10

You have the Pyrrhic dance as yet;
    Where is the Pyrrhic phalanx gone?
Of two such lessons, why forget
    The nobler and the manlier one?
You have the letters Cadmus gave —
Think ye he meant them for a slave?

9

헛되고 헛되다 곡조를 바꿔라.
　사모스의 포도주를 잔에 가득 채워라.
전쟁은 터키 무리에게 맡기고,
　스키오 포도의 피를 흘려라.
들어라! 그 희미한 부름에 따라
바커스의 무리가 대담히 화답함을.

10

그대들은 지금도 피로스의 전쟁 춤을 춘다만
　피로스의 밀집군(密集軍)은 어디 갔는가?
두 가지 과업 중에서 왜
　더욱 고귀하고 용기가 필요한 것을 잊었는가?
그대들에겐 카드모스가 준 문자가 있건만
그것을 노예를 위해 준 것이라고 생각하는가?

11

Fill high the bowl with Samian wine!
    We will not think of themes like these!
It made Anacreon's song divine:
    He served —— but served Polycrates ——
A tyrant; but our masters then
Were still, at least, our countrymen.

12

The tyrant of the Chersonese
    Was freedom's best and bravest friend;
That tyrant was Miltiades!
    Oh! that the present hour would lend
Another despot of the kind!
Such chains as his were sure to bind.

11

잔에 사모스 포도주를 가득 부어라!
　이제 그런 것은 생각하지 말자!
술은 아나크레온의 노래를 성스럽게 해 주는 것.
　그는 충성을 바쳤다, 폭군 폴리크라테스에게.
폭군이기는 했으나 그때 우리의 지배자들은
적어도 우리의 동포였다.

12

케르소네소스의 폭군은
　자유의 가장 나은 그리고 용감한 벗이었으니
그 이름은 밀티아데스!
　오오, 오늘날 그때와 같이
하나의 폭군이 있다면
그의 사슬은 사람을 뭉치게 하리라.

13

Fill high the bowl with Samian wine!
    On Suli's rock, and Parga's shore,
Exists the remnant of a line
    Such as the Doric mothers bore;
And there, perhaps, some seed is sown.
The Heracleidan blood might own.

14

Trust not for freedom to the Franks ——
    They have a king who buys and sells;
In native swords, and native ranks,
    The only hope of courage dwells:
But Turkish force, and Latin fraud,
Would break your shield, however broad,

13

잔에 사모스 포도주를 가득 부어라!
　술리 바위 위에, 그리고 파르가 해변에는,
도리스의 엄격한 혈통을 이은
　자손들이 남아서 그곳에
영웅 헤라클레스의 피를 받은 씨가
아마도 뿌려져 있으리라.

14

프랑크인들을 믿고 자유를 얻으려 말라.
　그들의 왕은 매매 거래를 직업으로 하느니라.
오로지 조국의 칼에, 조국의 군대에,
　용기의 유일한 희망이 걸려 있는 것이다.
터키 군대와 라틴인의 거짓은,
그대의 방패 아무리 두꺼워도, 그것을 뚫으리라.

15

Fill high the bowl with Samian wine!
    Our virgins dance beneath the shade ——
I see their glorious black eyes shine;
    But gazing on each glowing maid,
My own the burning tear-drop laves,
To think such breasts must suckle slaves.

16

Place me on Sunium's marbled steep,
    Where nothing, save the waves and I,
May hear our mutual murmurs sweep;
    There, swan-like, let me sing and die:
A land of slaves shall ne'er be mine ——
Dash down yon cup of Samian wine!

15

잔에 사모스 포도주를 가득 채워라!
　　우리의 처녀들은 나무 그늘에서 춤춘다.
그들의 아름다운 검은 눈동자는 빛난다.
　　그러나 젊은 피 뛰는 처녀들을 바라보고,
그 가슴들이 노예들을 젖 먹여야 한다고 생각할 때,
내 눈에 더운 눈물이 끓는다.

16

수니움의 대리석 절벽 위에 나를 세워라.
　　그곳에 있는 것은 파도와 나뿐
나와 파도만이 서로 속삭임을 듣도록
　　나로 하여금 그곳에서 백조처럼 노래 부르며 죽게 하라.
노예의 나라는 내 살 곳이 아니니
자, 사모스 술잔을 내던져 부숴라.

2부

차일드 해럴드의 순례

Introduction

(Canto I 1-4)

1

Oh, thou! in Hellas deemed of heavenly birth,
Muse! formed or fabled at the minstrel's will!
Since shamed full oft by later lyres on earth,
Mine dares not call thee from thy sacred hill:
Yet there I've wandered by the vaunted rill;
Yes! sighed o'er Delphi's long‑deserted shrine,
Where, save that feeble fountain, all is still;
Nor mote my shell awake the weary Nine
To grace so plain a tale — this lowly lay of mine.

2

Whilome in Albion's isle there dwelt a youth,
Who ne in Virtue's ways did take delight;
But spent his days in riot most uncouth,
And vexed with mirth the drowsy ear of Night.
Ah, me! in sooth he was a shameless wight,
Sore given to revel and ungodly glee;
Few earthly things found favor in his sight

순례에 나서다
(1장 1~4절)

1

오오 그대, 그리스에서 신의 피를 타고났다는
음유시인들이 멋대로 만들어 노래한 그대 뮤즈여!
오늘날 시인들의 리라에 창피당한 그대를,
그대의 신성한 언덕에서 내 리라는 감히 불러낼 수 없네.
하나 그대의 이름난 시냇가에서 내 방황했네.
그렇다, 오래 인적 끊긴 델포이 신전에서 한숨도 쉬었네.
소리 죽인 샘물 빼고는 모든 것이 고요한 곳,
이 평범한 이야기 이 천한 노래에 빛을 주라고
내 리라는 싫증난 아홉 여신을 깨울 수 없네.

2

언젠가 앨비언섬에 젊은이가 살았지.
그는 옳은 길을 기꺼워 않았지.
듣도 못한 방탕으로 나날을 보내며,
밤의 졸린 귀를 쾌락의 소리로 괴롭혔지.
아 그는 수치와 담을 쌓은 녀석,
잔치와 환락에 모든 걸 바친 녀석.
여자와 탐색의 무리밖에는

Save concubines and carnal companie,
And flaunting wassailers of high and low degree.

3

Childe Harold was he hight — but whence his name
And lineage long, it suits me not to say;
Suffice it that perchance they were of fame,
And had been glorious in another day:
But one sad losel soils a name for aye,
However mighty in the olden time;
Nor all that heralds rake from coffined clay,
Nor florid prose, nor honeyed lies of rhyme,
Can blazon evil deeds, or consecrate a crime.

4

Childe Harold basked him in the noontide sun,
Disporting there like any other fly;
Nor deemed before his little day was done

눈에 차는 것 하나 없는,
신분에 관계없이 잘난 체하는 주정꾼밖에는.

3

그의 이름은 차일드 해럴드.
그의 이름과 혈통, 어디서 왔는가는 말할 필요 없으리.
그저 상당히 유명하다는 것, 그리고
한때 찬란했다는 것을 말하면 족하리.
그러나 오래된 뛰어난 이름도 한 방탕자가
영영 더럽히는 것.
가문의 문장(紋章)이 조상의 뼈에서 긁어낸 어떤 것도
멋진 산문도 시의 달콤한 거짓말도
악한 일을 이쁘게, 죄를 거룩하게 할 수 없는 것.

4

차일드 해럴드는 영화의 한낮을 누렸지.
햇빛 속에서 파리처럼 즐기며
자기의 짧은 하루가 끝나기 전

One blast might chill him into misery.

But long ere scarce a third of his passed by,

Worse than adversity the Childe befell;

He felt the fullness of satiety:

Then loathed he in his native land to dwell,

Which seemed to him more lone than eremite's sad cell.

한 줄기 돌풍이 춥고 비참하게 하리라는 것을 생각지도
　　않고.
인생 칠십을 셋으로 나눈 그 하나도 지나기 전에
재화(災禍)보다 더한 일이 그에게 떨어졌지.
그는 모든 쾌락에서 싫증을 느꼈어.
살던 곳에서 더 살고 싶지 않았어.
살던 곳이 수도사의 슬픈 방보다 더 적적히 느껴졌어.

Childe Harold's Good Night

(Canto I 13-14)

1

Adieu, adieu! my native shore
    Fades o'er the waters blue;
The night-winds sigh, the breakers roar,
    And shrieks the wild sea-mew.
Yon sun that sets upon the sea
    We follow in his flight;
Farewell awhile to him and thee,
    My native Land — Good Night!

2

A few short hours and He will rise
    To give the Morrow birth;
And I shall hail the main and skies,
    But not my mother Earth.
Deserted is my own good Hall,
    Its hearth is desolate;
Wild weeds are gathering on the wall;
    My Dog howls at the gate.

이별
(1장 13~14절)

1

잘 있어, 잘 있거라, 내 고향의 해변은
　　푸른 물결 저편으로 사라져 간다.
밤바람은 한숨짓고 파도는 우짖는다.
　　그리고 날카로운 소리로 우는 갈매기
저편 바다에 지는 저 해를
　　좇아 우리는 간다.
잠시 잘 있거라 지는 해여,
　　나의 고향이여, 잘 있거라.

2

잠시 때 지나면 해는 다시 뜨고
　　내일이 태어난다. 나는 기쁨으로
바다와 하늘을 맞으리라.
　　그러나 고향의 땅은 어찌하랴.
내 그리운 집에 인적 끊기고
　　벽난로 가는 황폐하리라.
무성한 풀은 벽을 에워싸고
　　내 개가 문간에서 짖으리라.

3

"Come hither, hither, my little page!
      Why dost thou weep and wail?
Or dost thou dread the billows' rage,
      Or tremble at the gale?
But dash the tear-drop from thine eye;
      Our ship is swift and strong:
Our fleetest falcon scarce can fly
      More merrily along."

4

"Let winds be shrill, let waves roll high,
      I fear not wave nor wind:
Yet marvel not, Sir Childe, that I
      Am sorrowful in mind;
For I have from my father gone,
      A mother whom I love,
And have no friend, save these alone,
      But thee — and One above."

3

"아이야, 내 곁으로 오렴.

　왜 그리 울고 있지

거친 파도가 두려우냐

　거센 바람이 무서워 그러느냐

눈물을 떨어뜨리지 말아라.

　우리 배는 빠르고 튼튼하다.

아무리 빠른 매일지라도 이 배처럼

　기분 좋게 그리고 빠르게 날지는 못하리라."

4

"바람아 불어라. 파도야 곤두서라.

　저는 두려워하지 않아요 파도와 바람을.

그러나 차일드님,

　제 마음 슬픔에 울적해요.

아버지 곁을 떠나고, 더없이 사랑했던

　어머니 곁을 떠난 저에게는

이제 아무도 없기 때문이에요.

　오직 주인님과 하늘에 계신 하느님 외엔."

5

"My father blessed me fervently,
  Yet did not much complain;
But sorely will my mother sigh
  Till I come back again." ——
"Enough, enough, my little lad!
  Such tears become thine eye;
If I thy guileless bosom had,
  Mine own would not be dry."

6

"Come hither, hither, my staunch yeoman,
  Why dost thou look so pale?
Or dost thou dread a French foeman?
  Or shiver at the gale?" ——
"Deem'st thou I tremble for my life?
  Sir Childe, I'm not so weak;
But thinking on an absent wife
  Will blanch a faithful cheek."

5

"아버지는 저를 위해 진심으로 기도하셨지만
　　슬픔의 말 별로 없었어요.
하지만 어머니는 제가 다시 돌아갈 때까지
　　아프게 한숨 쉬고 계실 겁니다."
"됐어, 그만. 애야 됐어,
　　그런 눈물은 네 눈에 어울린다.
내 만일 너처럼 티 없는 마음 가졌다면
　　내 눈도 마른 채로 있지는 않을 것이다."

6

"충직한 하인아, 내 곁으로 오라.
　　어찌하여 너는 그리 창백한가.
적국 프랑스가 두려운가,
　　거센 질풍에 마음 나약해졌는가?"
"목숨 아까워 질린 줄 아셨습니까?
　　차일드 님, 저는 그처럼 비겁한 사내가 아닙니다.
그러나 헤어진 아내를 생각하면
　　충성스러운 이 몸의 볼이 창백해집니다."

7

"My spouse and boys dwell near thy hall,
　　Along the bordering Lake,
And when they on their father call,
　　What answer shall she make?" ——
"Enough, enough, my yeoman good,
　　Thy grief let none gainsay;
But I, who am of lighter mood,
　　Will laugh to flee away."

8

For who would trust the seeming sighs
　　Of wife or paramour?
Fresh feeres will dry the bright blue eyes
　　We late saw streaming o'er.
For pleasures past I do not grieve,
　　Nor perils gathering near;
My greatest grief is that I leave
　　No thing that claims a tear.

7

"제 아내 제 아이들은 주인님 댁
　　변두리 호숫가에서 삽니다.
아이들이 아빠에 대해 묻는다면
　　아내 그 말에 무어라 답하겠습니까?"
"됐다. 그만 됐어.
　　너의 슬픔 그 누가 부인하랴.
그러나 나는 소탈한 사람이라
　　웃으며 떠나겠다."

8

아내나 애인의 얼굴만의 한탄을
　　진심이라 여기는 사람 있는가.
헤어질 때 눈물 쏟던 푸른 눈도
　　새로운 연인 나타나면 순식간에 말라 빛나는 법.
나는 지나간 쾌락을 후회 않고,
　　닥쳐오는 위험을 한탄 않으리.
오로지 나에게 눈물 흘리게 할 사람
　　하나도 없음을 커다란 슬픔으로 여기리.

9

And now I'm in the world alone,
    Upon the wide, wide sea:
But why should I for others groan,
    When none will sigh for me?
Perchance my Dog will whine in vain,
    Till fed by stranger hands;
But long ere I come back again,
    He'd tear me where he stands.

10

With thee, my bark, I'll swiftly go
    Athwart the foaming brine;
Nor care what land thou bear'st me to,
    So not again to mine.
Welcome, welcome, ye dark blue waves!
    And When you fail my sight,
Welcomd, ye deserts, and ye cares!
    My native Land — Good Night!

9

지금 나는 이 세상에 홀로
　　끝없이 넓은 바다에 있다.
나를 위해 한탄할 이 없는데
　　어찌하여 남을 위해 한탄해야 하는가.
내 두고 온 개는 헛되이 끙끙대리라.
　　그러나 새 주인 만나면 그칠 테지.
내 귀향하기 훨씬 전에
　　대번에 나를 물어뜯을 개가 될 것이다.

10

자, 나의 작은 배여, 너와 더불어
　　어서 가자, 거친 바다를 가로질러
다시 고향만 아니라면
　　어느 나라로 날 싣고 가든 상관없다.
오너라, 어서 오너라, 검푸른 파도여,
　　이윽고 그 파도 내 눈길에서 사라질 때
오너라 사막도 동굴도.
　　고향이여, 잘 있거라!

To Horse! To Horse!

(Canto I 28)

To horse! to horse! he quits, for ever quits

A scene of peace, though soothing to his soul:

Again he rouses from his moping fits,

But seeks not now the harlot and the bowl.

Onward he flies, nor fixed as yet the goal

Where he shall rest him on his pilgrimage;

And o'er him many changing scenes must roll

Ere toils his thirst for travel can assuage,

Or he shall calm his breast, or learn experience sage.

말을 타자, 말을
(1장 28절)

말을 타자, 말을! 그는 항상 떠난다
구겨진 혼을 어루만져 펴 주는 평화의 풍경으로부터.
거듭 그는 적적한 꿈에서 자신을 깨운다.
하나 이제 여자와 술을 찾지는 않는다.
앞으로 앞으로 그는 달아난다 목표도 없이.
어떤 목표가 그를 쉴 수 있게 해 줄 것인가.
그의 생(生) 위로 풍경이 수없이 바뀌어야 하리
고통이 그의 순례의 목마름을 달래기 전에
가슴의 어지러움 달래고 예지를 얻기 전에.

To Inez

(Canto I between 84 and 85)

1

Nay, smile not at my sullen brow;
    Alas! I cannot smile again:
Yet Heaven avert that ever thou
    Shouldst weep, and haply weep in vain.

2

And dost thou ask what secret woe
    I bear, corroding Joy and Youth?
And wilt thou vainly seek to know
    A pang, ev'n thou must fail to soothe?

3

It is not love, it is not hate,
    Nor low Ambition's honours lost,
That bids me loathe my present state,
    And fly from all I prized the most:

이네즈에게
(1장 84절과 85절 사이)

1

아니다, 침울한 내 이마에 미소 보내지 마라.
　　아아, 나는 다시 웃을 수 없다.
그러나 그대 눈물 흘리지 않기를,
　　어쩌면 헛된 눈물을.

2

기쁨과 청춘 좀먹는 어떤 내밀한 슬픔
　　가슴에 감추고 있느냐 그대는 묻는가.
이 깊은 고뇌 그대 알려는 것 헛된 일
　　그대도 달랠 수 없는 고뇌를.

3

던져진 나의 상태를 싫어하게 하고
　　내 소중히 사랑한 것에서 날 떠나게 하는 것은
사랑이 아니다 미움이 아니다.
　　천한 야심이 세운 명예를 잃었음도 아니다.

4

It is that weariness which springs
    From all I meet, or hear, or see:
To me no pleasure Beauty brings;
    Thine eyes have scarce a charm for me.

5

It is that settled, ceaseless gloom
    The fabled Hebrew Wanderer bore;
That will not look beyond the tomb,
    But cannot hope for rest before.

6

What Exile from himself can flee?
    To zones though more and more remote,
Still, still pursues, where'er I be,
    The blight of Life — the Demon Thought.

4

내가 만나고 듣고 본 모든 것에서
　　솟아난 권태 때문이다.
아름다운 여인도 나를 즐겁게 하지 않는다.
　　그대 눈도 나를 매혹하지 못하리라.

5

옛날 히브리 방랑자가 품었다던
　　쉴 새 없이 닥쳐오는 우울이다.
무덤 뒤의 일을 생각하지 않고,
　　무덤 이편에서도 안식을 바랄 수 없는 우울이다.

6

아무리 방황한들 자기 자신에서 달아날 수 있으랴?
　　아득히 아득히 먼 곳으로 도망쳐도,
아직, 놓치지 않고 나를 쫓아오는 것은,
　　삶의 어두운 그림자, 생각이라는 악귀.

7

Yet others rapt in pleasure seem,

    And taste of all that I forsake;

Oh! may they still of transport dream,

    And ne'er —— at least like me —— awake!

8

Through many a clime 'tis mine to go,

    With many a retrospection curst;

And all my solace is to know,

    Whate'er betides, I've known the worst.

9

What is the worst? Nay do not ask ——

    In pity from the search forbear:

Smile on —— nor venture to unmask

    Man's heart, and view the Hell that's there.

7

그러나 사람들은 내가 버린 모든 것을 맛보고,
　　기쁨에 도취되어 있는 듯하다.
오오, 그 사람들 언제나 황홀한 꿈에 잠겨,
　　행여 나처럼 깨어나지 말기를.

8

저주스러운 추억 가득 안고,
　　나라 나라를 헤매어야 하는 나.
무슨 일이 일어나건 이미 최악을
　　안다는 것만이 내 위안의 전부.

9

그 최악이 무엇이냐 묻지 말아 다오.
　　행여 연민이 있다면 묻지를 말아 다오.
미소를 띠어 다오, 남의 마음의 껍질을 벗겨
　　거기 있는 지옥을 엿보는 일일랑 말아 다오.

Sappho's Tomb

(Canto II 40-41)

'Twas on a Grecian autumn's gentle eve
Childe Harold hail'd Leucadia's cape afar;
A spot he long'd to see, nor cared to leave:
Oft did he mark the scenes of vanish'd war,
Actium, Lepanto, fatal Trafalgar;
Mark them unmoved, for he would not delight
(Born beneath some remote inglorious star)
In themes of bloody fray, or gallant fight,
But loathe the bravo's trade, and laughed at martial wight.

But when he saw the evening star above
Leucadia's far-projecting rock of woe,
And hail'd the last resort of fruitless love,
He felt, or deem'd he felt, no common glow:
And as the stately vessel glided slow
Beneath the shadow of that ancient mount,
He watch'd the billows' melancholy flow,
And, sunk albeit in thought as he was wont,
More placid seem'd his eye, and smooth his pallid front.

사포의 무덤

(2장 40~41절)

그리스의 가을, 어느 조용한 저녁
차일드 해럴드는 사포가 몸 던진 절벽을 멀리 보았다.
그가 보고 싶었던 곳, 더 흐르고 싶지 않던 곳.
그는 옛 싸움터를 자주 보았다.
악티움, 레판토, 넬슨이 죽은 트라팔가도.
그러나 그는 감동하지 않았다.
(영예와는 거리가 먼 별의 운을 타고 태어난 때문인가)
피비린내 나는 싸움 이야기에선 즐거움을 얻지 못했다.
암살을 싫어하고 군인을 경멸하고.

그러나 그가 사포의 높이 솟은
슬픔의 바위 위로 샛별을 보았을 때,
그리고 보람 없는 사랑이 마지막으로 쉬는 곳과 인사했을 때,
그의 몸은 감동으로 떨렸다.
그 오랜 절벽의 그늘 밑을
배가 천천히 그리고 우아하게 미끄러져 갈 때,
그는 물결이 우울하게 흘러가는 것을 바라보고,
늘 잠기던 깊은 생각에 잠겼다.
그의 눈은 평온했고 창백한 이마는 부드럽게 보였다.

Utraikey

(Canto II 70-71)

Where lone Utraikey forms its circling cove,

And weary waves retire to gleam at rest,

How brown the foliage of the green hill's grove,

Nodding at midnight o'er the calm bay's breast,

As winds come lightly whispering from the west,

Kissing, not ruffling, the blue deep's serene: —

Here Harold was received a welcome guest;

Nor did he pass unmoved the gentle scene,

For many a joy could he from Night's soft presence glean.

On the smooth shore the night-fires brightly blazed,

The feast was done, the red wine circling fast,

And he that unawares had there gazed

With gaping wonderment had stared aghast;

For ere night's midmost, stillest hour was past,

The native revels of the troop began;

Each Palikar his sabre from him cast,

And bounding hand in hand, man link'd to man,

Yelling their uncouth dirge, long danced the kirtled clan.

유트레이키 마을

(2장 70~71절)

외로운 유트레이키 마을이 원형의 조그만 물굽이를
 이루는 곳에
지친 물결은 물러가 쉬며 조용한 빛을 낸다.
한밤중 고요한 물굽이의 가슴 위로,
고개 끄덕이는 푸른 언덕의 숲은 진갈색으로 보이고,
바람은 서편에서 속삭이듯 가볍게 불어와
검푸른 바다를 건드리지 않고 고요히 입맞출 때 ──
해럴드는 이곳의 반가운 손님이 된다.
감동 없이 이 고요의 풍경을 어이 지나치랴,
밤의 부드러움이 안겨 주는 쾌락의 때.

완만한 물가에서 밤불이 환히 타올랐다.
잔치가 무르익는다. 붉은 포도주 잔이 빨리 돌아간다.
저도 모르게 이 광경 본 사람은
놀라 입을 다물지 못한다.
한밤중 가장 고요한 시간이 가기 전에
주민들의 잔치가 시작된 것이다.
강자들은 모두 칼을 빼들고,
손에 손을 잡고 사람과 사람이 어울려 뛴다.
이상한 노래를 소리쳐 부르고 킬트 입고 내처 춤을 추며.

The Rhine

(Canto III between 55 and 56)

1

The castled Crag of Drachenfels
Frowns o'er the wide and winding Rhine,
Whose breast of waters broadly swells
Between the banks which bear the vine,
And hills all rich with blossomed trees,
And fields which promise corn and wine,
And scattered cities crowning these,
Whose far white walls along them shine,
Have strewed a scene, Which I should see
With double joy wert thou with me.

2

And peasant girls, with deep blue eyes,
And hands which offer early flowers,
Walk smiling o'er this Paradise;
Above, the frequent feudal towers
Through green leaves lift their walls of gray;
And many a rock which steeply lowers,

라인 강가에서
(3장 55절과 56절 사이)

1

성(城)이 자리 잡은 드라헨펠스의 험준한 벼랑이
구불구불 널찍이 흐르는 라인강을 위압하고 있다.
출렁이는 강의 가슴은 포도밭을 안고 있는
양쪽 둔덕 사이에서 마음껏 부푼다.
꽃핀 나무들이 무성하게 우거진 언덕,
옥수수와 포도의 추수를 약속하는 밭,
그것들을 장식하듯 멀리 하얀 집의 벽들이
선명하게 비치는 드문드문 흩어진 도시들
그것들은 흔연히 한 폭의 그림을 이룬다.
그대 나와 함께 있었다면 두 배의 기쁨으로 이들을 보았을
　　　것을.

2

깊고 푸른 눈의 농갓집 처녀들이
저마다 일찍 핀 꽃들을 꺾어 들고,
방실거리며 이 낙원을 거닐고 있다.
쳐다보면 푸른 잎 사이로 중세의 탑들이
우중충한 잿빛 벽을 쳐들고 있다.

And noble arch in proud decay,
Look o'er this vale of vintage-bowers;
But one thing want these banks of Rhine, —
Thy gentle hand to clasp in mine!

3

I send the lilies given to me —
Though long before thy hand they touch,
I know that they must withered be,
But yet reject them not as such;
For I have cherished them as dear,
Because they yet may meet thine eye,
And guide thy soul to mine even here,
When thou behold'st them drooping nigh,
And know'st them gathered by the Rhine,
And offered from my heart to thine!

험준하게 솟아오른 수많은 바위,
낡아도 위엄 잃지 않는 당당한 아치형 성문
그것들이 포도덩굴 우거진 골짜기를 내려다보고 있다.
그러나 한 가지 이 라인 강가에 빠진 것이 있구나 ─
그것은 내 손에 쥐어질 그대의 정다운 손.

3

나는 여기서 얻은 백합을 그대에게 보낸다.
그대의 손에 닿기 전에
시들어 버릴 테지, 그러나
시들었다고 거절은 말아 다오.
왜냐하면 이 꽃 그대의 눈길과 만날 때,
그것이 그대 곁에서 고개 숙인 것을 볼 때,
라인 강가에서 꺾은 꽃임을 알 때
내 마음이 그대 마음에 선물한 것임을
그대 생각해 줄 때 그때를 생각하고
내 이 꽃을 끔찍이 사랑했으므로.

4

The river nobly foams and flows ——
The charm of this enchanted ground,
And all its thousand turns disclose
Some fresher beauty's varying round:
The haughtiest breast its wish might bound
Through life to dwell delighted here;
Nor could on earth a spot be found
To Nature and to me so dear ——
Could thy dear eyes in following mine
Still sweeten more these banks of Rhine!

4

강물은 기품 있게 거품 일며 흐르고 있다.
라인강은 이 절경의 매력이다.
몇천 번이고 굽이칠 때마다
전보다도 더 신선한 아름다움의 변화를 보여 준다.
아무리 거만한 사람이라도 여기서
평생을 즐겁게 지낸다면 만족하리라.
자연의 여신에게도 나에게도 이처럼 친근한 곳은
이 세상의 어디에서도 찾아내지 못하리라.
그러나 그대의 그리운 눈이 내 눈을 따라 풍경을 본다면
라인 강변은 더 마음 조이는 곳이 될 것을.

Clear, Placid Leman!
(Canto III 85-90)

Clear, placid Leman! thy contrasted lake,
With the wild world I dwelt in, is a thing
Which warns me, with its stillness, to forsake
Earth's troubled waters for a purer spring.
This quiet sail is as a noiseless wing
To waft me from distraction; once I loved
Torn Ocean's roar, but thy soft murmuring
Sounds sweet as if a Sister's voice reproved,
That I with stern delights should e'er have been so moved.

It is the hush of night, and all between
Thy margin and the mountains, dusk, yet clear,
Mellowed and mingling, yet distinctly seen,
Save darkened Jura, whose capt heights appear
Precipitously steep; and drawing near,
There breathes a living fragrance from the shore,
Of flowers yet fresh with childhood; on the ear
Drops the light drip of the suspended oar,
Or chirps the grasshopper one good-night carol more.

He is an evening reveller, who makes
His life an infancy, and sings his fill;

맑고 고요한 레만 호수여

(3장 85~90절)

맑고 고요한 레만 호수여, 너는 얼마나
내 살아온 어지러운 세계의 반대편에 있는가.
너의 정적은 나더러 거친 세상의 물결을 버리고
보다 깨끗한 샘에 오라고 한다.
저 잔잔한 배의 돛은 소리 없는 날개처럼
나를 소란 밖으로 날게 한다.
내 일찍이 사랑한 것은 찢는 듯한 바다의 폭풍이었건만,
네 속삭임은 꾸중하는 누이의 목소리처럼 정답게 들린다.
숙연한 쾌락에 내 이처럼 감동하다니!

밤의 고요는 여기 있고, 어스름은 맑디맑게
호숫가와 산들 사이에 있는 모든 것을 부드럽게
　융화시킨다.
높은 봉우리에 눈을 이고 솟아오른
쥐라산(山)의 연봉(連峯)만이 밖에 있을 뿐
모든 것은 융화되어 보인다, 가까이
가면 호숫가에 막 핀 꽃의 짙은 향기
들려오는 것은 방금 물 떠난 노에서
가볍게 물방울 듣는 소리와 귀뚜라미의
밤이 정답다고 노래하는 소리.

귀뚜라미는 밤의 향락자, 자기 생애를

At intervals, some bird from out the brakes

Starts into voice a moment, then is still.

There seems a floating whisper on the hill,

But that is fancy — for the Starlight dews

All silently their tears of Love instil,

Weeping themselves away, till they infuse

Deep into Nature's breast the spirit of her hues.

Ye Stars! which are the poetry of Heaven!

If in your bright leaves we would read the fate

Of men and empires, — 'tis to be forgiven,

That in our aspirations to be great,

Our destinies o'erleap their mortal state,

And claim a kindred with you; for ye are

A Beauty and a Mystery, and create

In us such love and reverence from afar,

That Fortune, — Fame, — Power, — Life, have named

themselves a Star.

All Heaven and Earth are still — though not in sleep,

But breathless, as we grow when feeling most;

And silent, as we stand in thoughts too deep: —

어린이의 기쁨으로 바꾸어 마음껏 노래한다.
간혹 그 노랫소리에 섞이어 숲 사이에서
이름 모를 새가 한마디 울고는 뚝 그친다.
언덕에서 은밀한 속삭임 흘러오는 듯 느껴지지만
그것은 마음의 귀에 닿는 소리다. 별빛의 이슬은
은밀하게 사랑의 눈물을 한 방울씩 만들며 밤새운다.
자연이 풍요한 색채의 혼을 자신의 가슴 깊이 섞을 때까지.

별들이여, 하늘의 시(詩) 별들이여,
그대들의 빛나는 페이지에서 지상에 사는 우리들이
스스로의 운명과 제국의 운명을 읽으려 하더라도,
설혹 큰 것이 되고 싶은 소망에 쫓기어
한정 있는 운명을 넘어 스스로를
그대들에게 비하려 하더라도, 용서하시라.
별들이여, 그대들은 아름다움이다, 신비다. 아득한
 하늘로부터
우리들 속에 사랑과 경건을 만들어 준다. 따라서
운명, 명예, 권력, 생명, 모두 그대들을 따라 '별'이라 불린다.

온 누리는 고요하다, 숨소리도 없다. 그러나 잠든 것이
 아니다.
우리들이 가장 깊이 느낄 때 소리 없이 자라는 것처럼

All Heaven and Earth are still: From the high host

Of stars, to the lulled lake and mountain-coast,

All is concentered in a life intense,

Where not a beam, nor air, nor leaf is lost,

But hath a part of Being, and a sense

Of that which is of all Creator and Defence.

Then stirs the feeling infinite, so felt

In solitude, where we are least alone;

A truth, which through our being then doth melt,

And purifies from self: it is a tone,

The soul and source of Music, which makes known

Eternal harmony, and sheds a charm

Like to the fabled Cytherea's zone,

Binding all things with beauty; —— 'twould disarm

The spectre Death, had he substantial power to harm.

너무 깊은 생각에 잠길 때 침묵에 빠지는 것처럼,
숨소리가 없다.
온 누리는 고요하다. 하늘의 별 떼로부터
잔잔한 호수 산기슭까지
모든 것은 세찬 생명의 한 점에 모여 있다.
빛 한 줄기 나무 한 잎 그 어느 것도 소홀치 않게
있음의 일부가 되어 있다.
모든 것이 만물을 낳고 지키려는 자각 속에 있다.

도저히 홀로일 수가 없는 곳에서, 홀로 느낀
무한한 생각이 몸 속에서 세차게 일어남을 느낀다.
그것은 우리들의 존재를 뚫고 들어와 녹아
우리들의 자아로부터 우리를 정화시키는 진리이다.
그것은 노래다. 음악의 혼이고 샘이다.
영원한 조화를 알려 주고
만물을 미(美)로써 맺어 주는 비너스의 띠처럼
모든 것을 아름다움으로 묶는다.
해를 끼치는 힘을 가진 죽음의 힘마저 빼앗는다.

Oh Rome!

(Canto IV 78-79)

Oh Rome! my country! city of the soul!
The orphans of the heart must turn to thee,
Lone mother of dead empires! and control
In their shut breasts their petty misery.
What are our woes and sufferance? Come and see
The cypress, hear the owl, and plod your way
O'er steps of broken thrones and temples, Ye!
Whose agonies are evils of a day —
A world is at our feet as fragile as our clay.

The Niobe of nations! there she stands,
Childless and crownless, in her voiceless woe;
An empty urn within her wither'd hands,
Whose holy dust was scatter'd long ago;
The Scipios' tomb contains no ashes now;
The very sepulchres lie tenantless
Of their heroic dwellers: dost thou flow,
Old Tiber! through a marble wilderness?
Rise, with thy yellow waves, and mantle her distress.

로마

(4장 78~79절)

오오 로마, 나의 조국, 영혼이 동경하는 도시여!
사멸한 제국들의 쓸쓸한 어머니여! 마음의 고아들은
그대 쪽을 향해 몸을 돌리고, 조그만 고뇌 따위는
닫힌 가슴들 속에서 진정시키지 않을 수 없으리라.
우리들의 비통이나 인고 따위가 대체 무엇이리오.
이리 와서 보라 편백나무들을, 들어라, 부엉이 소리를,
밟고 거닐어 보라, 부서진 옥좌와 신전의 층계를,
아아 그대들, 그대들의 고민은 하루의 재앙에 불과하다.
우리의 발밑에는 하나의 세계가 흙처럼 덧없이 누워 있다.

수많은 나라의 니오베였던 로마여, 지금은
자식도 관(冠)도 없이 목소리 끊어진 비탄 속에 서 있다.
그 쭈그러진 손 안에는 빈 뼈 항아리가 안겨 있다.
속에 있던 뼈의 재는 오래전 옛날에 흩어져 없어졌다.
스키피오 가문 묘지에는 지금 재 하나 남아 있지 않다.
영웅들이 잠들었던 묘지는
지금 주인 없이 누워 있다.
해묵은 티베르강이여, 그대는 대리석 폐허를 흘러가는가.
일으키라, 그대 누런 물결 일으켜 로마의 고뇌를 덮어라.

Laocoön's Torture

(Canto IV 109)

Or, turning to the Vatican, go see
Laocoön's torture dignifying pain —
A father's love and mortal's agony
With an immortal's patience blending: — Vain
The struggle; vain, against the coiling strain
And gripe, and deepening of the dragon's grasp,
The old man's clench; the long envenom'd chain
Rivets the living links, — the enormous asp
Enforces pang on pang, and stifles gasp on gasp.

라오콘의 고통

(4장 109절)

혹은 바티칸으로 몸을 돌려
라오콘의 고통이 아픔에 위엄을 주는 것을 보라.
한 아비의 사랑 한 인간의 끊임없는 고통이
신의 참음과 섞이는 것을.
헛되리, 그 투쟁, 헛되리. 휘감아 조이는 힘,
뱀의 더욱 깊어 가는 조임, 늙은이의 이 악묾,
길게 사슬 늘여 거대한 뱀은
사람의 삶을 묶어 놓는다.
고통에 고통, 숨막힘에 숨막힘을 더하는.

조지 고든 바이런의 초상화

바이런의 첫사랑(1846년)

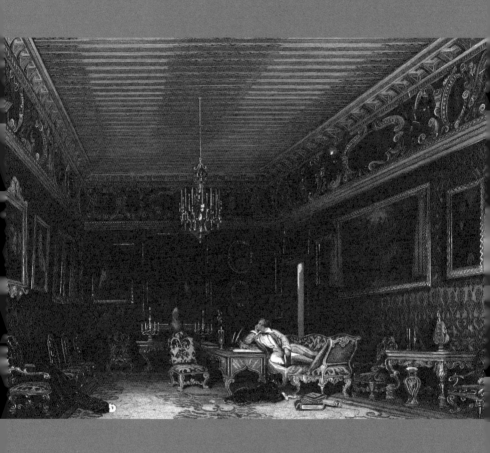

바이런의 서재에서(1848년)

주(註)

1) 보나바르(Francois Bonnivard, 1493-1570)는 스위스의 애국자이며 자유의 투사이다. 시용성에 감금된 일이 있다.

2) 기원전 1세기 로마의 서정시인.

3) 그리스의 서정시인.

4) 저주가 내린 아가멤논 일족의 가문.

5) 테베시(市)의 창시자.

6) 몰타에서 만난 이스탄불 출신의 미인.

7) 그리스의 여성 시인. 그녀의 서정시는 유럽 애정시의 원초를 이룬다.

8) 아테네 근처의 섬 이름. 바다에서 떠올랐다고 하며 그곳에서 아폴로가 탄생했다.

9) 동(東)그리스의 요충으로 300명의 스파르타군이 페르시아군과 용감히 싸워 전멸한 곳.

10) 악기 리라는 시인의 상징이다.

11) 예술의 여신 뮤즈는 아홉 명이다.

12) 앨비언은 영국을 말한다. 라틴어 albus는 '하얗다'는 뜻으로 도버 해안의 석회암이 흰 데서 온 것이다. 블레이크의 시에 많이 나온다.

13) '소년 기사 해럴드'를 뜻하여 '차일드(childe)'란 중세에 소년들에게 작위 대신 내린 칭호이다. 해럴드와 바이런과의 관계는 초고에 자신의 옛날 이름 버런(Burun)을 써서 '차일드 버런(Childe Burun)'으로 했던 것을 보아도 명백하다. 이 시의 주인공 차일드 해럴드는 바이런의 전신적인 분신이다.

14) '아이'는 차일드 해럴드의 몸종이며, 다음에 나오는 하인과 함께 사실은 바이런을 따라 유럽 여행을 간 사람들을 모델로 삼은 것이다.

15) 유트레이키 마을은 그리스의 아르타만(灣)에 면한 마을.

16) 킬트는 남자용 치마로 이 지방의 특색 있는 옷이다. 스코틀랜드 사람들도 이 옷을 입는다.

17) 용의 바위라는 뜻의 라인강 절벽. 오래된 성이 있다.

18) 니오베는 그리스신화에 나오는 여자로 자랑스러운 아들들을 두어 사방의 흠모를 받았으나 자랑이 너무 지나쳐 신의 분노를 얻어 아들딸을 모두 잃고 돌이 되었다.

19) 라오콘은 신의 분노로 아들 둘과 함께 큰 뱀에 감겨 죽었다는 인물이다.

로마 시대 라오콘 조각상이 미켈란젤로에게 큰 영향을 미쳤다.

1788년   1월 22일 런던에서 출생. 다리를 약간 절음.

1790년   모친의 본가인 스코틀랜드 애버딘에 가서 모친 밑에서
            성장.

1791년   부친이 프랑스에서 별세.

1798년   큰아버지의 별세로 귀족 칭호 받음.

1800~1809년 해로 고등학교 및 케임브리지대학에서 공부.

            1803년 뉴스테드에서 살 때 메리 채워스와 사랑에 빠지나
            메리가 하녀에게 웃으며 "그 절름발이 애를 좋아해?"라고
            한 말을 엿듣고 사랑이 끝남. 제1장의 「단장(斷章)」 참조.

1807년   첫 시집 『게으름의 시간』 출간.

1809~1811년 『차일드 해럴드의 순례』 1, 2장의 무대를 이루는 남유럽
            및 중동 지방 여행.

1812년   『차일드 해럴드의 순례』 1, 2장 출간. 하루아침에 이름을
            날림.

1815년   애너벨라 밀뱅크와 결혼. 딸 에이다 출생.

1816년   스캔들로 아내와 별거. 영국을 떠남. 『차일드 해럴드의
            순례』 3, 4장의 무대를 이루는 독일, 스위스, 이탈리아
            여행.

1817년   이탈리아에 정착. 희곡 『맨프리드』 출간.

1818년   『돈 주언』 시작, 임종까지도 완성하지는 못함. 『차일드
            해럴드』 4장 출간.

1822년   이탈리아에서 친교를 맺었던 시인 셸리 익사함.

1823년   터키로부터 독립을 쟁취하려는 그리스 전쟁에 참가.

1824년   7월 4일 그리스 미솔롱기에서 열병으로 죽음.

인간 바이런과 시인 바이런

황동규

1

1850년대에 출간된 『영문학사』에서 프랑스 비평가
텐(Hippolyte Taine)은 바이런과 동시대 영국 시인인
워즈워스, 셸리, 콜리지, 키츠 들에게는 몇 쪽씩만 할애했으나
바이런(George Gordon Byron. 1788~1824)에게는 기다란 장
하나를 바쳤다. 그리고 "바이런이야말로 동시대 시인 가운데서
가장 위대하고 영국적인 예술가였으며, 너무 위대하고 너무
영국적이어서 나머지 동시대 시인이 모두 힘을 합쳐도
바이런만큼 영국과 그의 시대를 보여 주지 못할 것이다."라고까지
했다.

바이런이 유럽 정신에 끼친 영향을 오늘날 냉정하게
평가하기는 힘들 것이다. 그러나 괴테, 스탕달, 도스토옙스키
들이 한결같이 바이런을 찬양하고 있다는 사실에서 우리는
그 영향의 크기를 짐작할 수는 있다. 러셀(Bertrand Russel)이
『서양철학사』에서 칸트에게처럼 그에게 하나의 장(章)을 부여한
것도 같은 영국인끼리의 애정만이 아닌 정신사적인 평가로 볼 수
있는 것이다.

바이런이 자기 시대에 준 가장 큰 것은 시보다도 '바이런적
인물(Byronic hero)'이다. 바이런적 인물은 그의 시와 극 도처에
나타난다. 특히 『차일드 해럴드의 순례』는 그것을 두드러지게
보여 준다. 우울하며 동시에 정열적이고, 아프게 참회하면서
동시에 후회 없이 죄를 저지르는 '바이런적 인물'은 시대의
분위기를 이루고, 니체의 '초인'을 통해 오늘날까지 이어 온다고

할 수 있다.

2

바이런은 1788년 1월 22일 런던에서 귀족의 피를 가지고 태어났다. 그의 선조들은 격렬하고 방탕한 성격으로 악명이 높았다. 할아버지는 악천후 잭(Foul-Weather Jack)이라는 별명을 지닌 해군 제독이었고, 큰아버지는 술 취한 김에 친척을 죽인 '악당 바이런'이었다. 아버지는 '미친놈 잭'이라는 별명을 가지고 있었으며 두 차례의 결혼에서 얻은 아내들의 재산을 탕진하는 데 급급했다. 그의 어머니는 허영심이 많고 격정적이며 히스테리가 있는 여자로 스코틀랜드 왕가의 피를 갖고 있었다. 이 두 핏줄의 만남이 바이런 성격의 많은 부분을 설명해 준다.

'미친놈 잭' 바이런은 외아들 조지가 태어나자마자 아내를 버렸다. 어머니는 조지를 데리고 스코틀랜드에 있는 본가로 갔다. 열 살 때 큰아버지 '악당 바이런'이 죽고 그는 남작 칭호와 뉴스테드의 커다란 영지를 물려받았다. 홀어머니 아래서 자란 아이가 때로 그렇듯이 그는 멋대로 자랐다. 해로고등학교와 케임브리지대학을 나왔지만 그가 얻은 것은 교육보다는 독서할 기회였다고 볼 수 있다. 그는 선천적으로 발을 약간 절었기에 자의식이 강했다. 메리 채워스에 대한 첫사랑이 절름대는 발 때문에 깨지자 상처는 더 깊어졌다. 그러나 그는 그 대가로 승마, 보트, 수영, 권투, 펜싱, 사격 등 여러 면에서 동료들에 앞섰다.

그에게서 시는 자연스럽게 그리고 쉽게 흘러나왔다. 열아홉 살 때 첫 시집 『게으름의 시간(Hours of Idleness)』을 출간했다. 《에든버러 리뷰》가 혹평을 하자 그는 「영국 시인과 스코틀랜드 비평가」라는 풍자시를 써서 응수했다.

케임브리지대학을 졸업하고 나서 그는 유럽 대륙 여행을 떠났다. 당시 영국의 상류층 청년들에게 대륙 여행은 정상적인 성장과 교육의 요건 중 하나였다. 워즈워스를 비롯하여 많은 시인들이 대륙 여행을 했고 거기서 막대한 영향을 받았다. 그는 포르투갈, 스페인, 몰타, 알바니아, 그리스를 편력했고 중동 지방까지 돌아보았다. 2년간의 모험에 찬 여행을 마치고 귀국한 그는 『차일드 해럴드의 순례』 1, 2장을 출판했다. 그 시집은 곧 인정을 받아, 바이런 자신이 "어느 날 아침, 일어나 보니 유명해져 있었다."라고 말했을 정도의 성공을 가져다 주었다. 이 시집은 런던을 휩쓴 것은 말할 것도 없고 문자 그대로 유럽을 뒤흔들었다. 『차일드 해럴드의 순례』는 자유, 반항, 새로운 것에 대한 열정, 자연에의 몰입, 동료 인간들을 향한 사랑 등 당시 싹트기 시작한 유럽 낭만주의가 갈구하던 것 모두를 갖고 있었기 때문이다.

문명(文名)과 더불어 런던 사교계의 총아로 등장한 바이런은 곧 숱한 스캔들에 휘말리게 된다. 이 시집에 등장하는 여자들의 대부분은 이때 그가 사랑하고 배반했거나 그에게서 배반당한 여자들이다. 그는 밀뱅크와 결혼함으로써 스캔들에서 벗어나려 했다. 그러나 편의를 위한 결혼이 오래 지속될 리 없었다. 계속되는 남편의 연애 행각에 견디지 못한 아내는 결혼 1년 만에 딸 에이다를 데리고 그를 떠났던 것이다. 이 별거에는 배다른 누이와의 근친 관계까지 관련되어 있었다는 설이 있다.

그러자 런던 사회 전체가 들고 일어나 바이런을 매도하게 된다. 지금 돌이켜볼 때 그가 매도당한 것은 반드시 애정행각 때문만은 아닌 것 같다. 상원(上院)의 전신인 당시 귀족원에서 그가 자유의 편에 서서 노동자를 옹호하고 보수주의를 공격한 데 대한 보복이었다는 낌새도 아주 강하게 보인다.

비판이 더욱 가열되자 그는 1816년 4월 25일 다시 되돌아오지 않기로 작정하고 영국을 떠났다. 후에 그는 당시의 사태를 다음과 같은 한마디로 요약했다. "나에 대한 세평이 옳다면 내가 영국에 맞지 않는 인간이고, 틀리다면 영국이 나에 맞지 않는 나라였다." 그가 명성과 수치와 더불어 영국을 떠났을 때 나이는 아직

스물여덟 살에 불과했다.

이후 그는 『차일드 해럴드의 순례』 3, 4장의 무대가 되는 곳을 여행했다. 라인강을 따라 스위스로 갔고 후에는 이탈리아에 정착했다. 6년간 이탈리아에 사는 동안 그는 사는 데 싫증을 느끼기 시작했다. 육체적인 쾌락에도 싫증나고 시작(詩作) 자체에도 흥미를 잃어 갔던 것이다. 그 대신 정치적인 문제들이 그의 정력을 빼앗기 시작했다. 이탈리아 정치에서 실패한 그는 터키의 압제에서 벗어나려는 그리스 사람들의 독립 투쟁에 뛰어들 장소를 발견했다.

1823년 7월 4일 그는 제노바항에 가서 배를 타고 그리스로 출발했다. 그에게 사단 하나가 맡겨졌으나 그 사단을 이끌고 전투에 참가할 기회는 주어지지 않았다. 미솔롱기에서 얻은 열병으로 서른여섯 살의 짧은 생애가 먼저 끝났던 것이다. 사망의 직접적인 원인은 아직 확실히 알려져 있지 않다. 열병 때문인지, 아니면 형편없는 의사가 치료한다고 뽑은 피 때문인지 규명할 수 없기 때문이다. 혼수상태에서 그가 마지막으로 한 말은 "전진! 전진! 나를 따르라. 겁내지 말라!"였다고 전해지며, 그것은 실로 바이런다운 마지막 말이었다고 생각된다.

3

오늘날 바이런의 시를 읽을 때 반드시 좋은 점만 찾을 수 있는 것은 아니다. 전체적으로 압축되지 않은 부분을 지닌 시가 많고 정교한 이미지나 비유의 매력을 갖고 있는 시는 찾기가 힘들다. 그것은 그의 대표작인 『차일드 해럴드의 순례』나 『돈 주언』에도 그대로 적용되는 말이다. 그런데도 그의 시가 아직도 읽히는 이유는 무엇일까?

그것은 그의 시가 삶에 밀착되어 있기 때문인 것으로 판단된다. 어떤 것도 감추지 않고 자기를 드러내려는 태도야말로 그의 시가 지닌 큰 힘이며, 오늘날 우리에게 감동을 주는

요소이기도 하다. 그러나 그의 시를 시답게 해주는 것은
무엇보다도 위트일 것이다. 위트가 그의 정열과 결합되어 작품에
탄력을 주는 것이다.

그 위트가 다른 낭만주의 시인들과는 달리 그를 신고전주의
정신으로 이끌어 갔고, 그 결과 『돈 주언』이라는 전대미문의
운문소설이 태어날 수 있었다. 이 작품은 현대 문명의
대(大)비판서이기도 하지만 대부분 위트가 책 읽기의 즐거움을
만들어 준다. 이 작품의 한 조각만 번역하게 된 것은 순전히 지면
때문이다.

지금 보면 약간 감상적이기는 하지만 그의 애정시는 그
나름대로 솔직함을 가지고 있다. 특히 「그녀는 아름답게
걷는다」와 「우리 둘이 헤어지던 날」 같은 시는, 오늘날까지도
신선함을 잃지 않은 작품이다. 어떤 시들은 조금 진부하게
보일지도 모르겠다.

애정시까지 포함해서 바이런의 시는 바이런 그 사람과
분리되어 읽혀서는 감동을 잃을 위험이 있다. 솔직하고
정열적이며, 인간 옹호를 위해서는 그 무엇이라도 아낌없이 버릴
수 있었던 인간 바이런. 그 자유를 향한 정열은 「시용성(城)」 같은
소네트에도 잘 나타나 있지만, 그 바이런이 시 곳곳에서 숨쉬고
있는 숨소리를 듣지 않는다면 감동이 반감될 수 있다. 오늘날에
와서 바이런이나 셸리가 재평가를 받는 이유는 아마도 시 이해의
방향이 시를 시인에게서 격리시키는 방향에서 다시 함께 보려는
경향으로 바뀐 때문인지도 모른다. 다만 그 무엇보다도 바이런
정신을 잘 보여 준다고 할 수 있는 희곡 『맨프리드』 같은 작품을
부분적으로라도 싣지 못해 유감이다.

바이런에 대한 평가가 다시 높아진 데는 그의 시가 다른
낭만주의 시인과 달리 자의식(自意識)을 보여 준다는 점도
작용했을 것이다. 그 의식은 그를 가장 '현대적인' 낭만주의자로
보이게도 한다. 그리고 그 의식은 '바이런적인 아이러니'로 새로이

각광받고 있다.

원본으로는 주로 『Byron's Poetry』(Norton, 1978)를 사용했다.

세계시인선 57　　차일드 해럴드의 순례

1판 1쇄 펴냄 1974년 10월 20일
1판 9쇄 펴냄 1991년 7월 30일
2판 1쇄 펴냄 1997년 1월 15일
2판 46쇄 펴냄 2014년 12월 1일
3판 1쇄 찍음 2022년 4월 1일
3판 1쇄 펴냄 2022년 4월 5일

지은이　조지 고든 바이런
옮긴이　황동규
발행인　박근섭, 박상준
펴낸곳　(주)민음사

출판등록　1966. 5. 19. (제16-490호)
주소　　　서울시 강남구 도산대로1길 62
　　　　　강남출판문화센터 5층 (06027)
대표전화　02-515-2000　　팩시밀리 02-515-2007

www.minumsa.com

ISBN　978-89-374-7557-3 (04800)
　　　　978-89-374-7500-9 (세트)

* 잘못된 책은 구입처에서 교환해 드립니다.